심청은 아버지의 눈을 뜨게 하려고
제물로 팔려 가지요.
쌀 삼백 가마니를 바친 공덕으로
아버지는 눈을 뜨게 될까요?

추천 감수_ 서대석
서울대학교와 동 대학원에서 구비문학을 전공하고 문학박사 학위를 받았습니다. 한국 구비문학회 회장과 한국고전문학회 회장을 지냈으며, 1984년부터 지금까지 서울대학교 인문대학 국어국문학과 교수로 재직 중입니다. 〈한국구비문학대계〉 1-2, 2-2, 2-6, 2-7, 4-3 등 5권을 펴냈으며, 쓴 책으로 〈구비문학 개설〉, 〈전통 구비문학과 근대 공연예술〉, 〈한국의 신화〉, 〈군담소설의 구조와 배경〉 등이 있습니다.

추천 감수_ 임치균
서울대학교 대학원에서 고전소설 연구로 문학박사 학위를 받고 현재 한국학중앙연구원 한국학대학원 어문예술계열 교수로 재직 중입니다. 한국학중앙연구원에서 문헌과 해석 운영위원으로 활동하고 있으며, 고전소설의 대중화 방안을 연구하여 일반인들에게 널리 알리는 일에 앞장서고 있습니다. 쓴 책으로 〈조선조 대장편소설 연구〉, 〈한국 고전소설의 세계〉(공저), 〈검은 바람〉 등이 있습니다.

추천 감수_ 김기형
고려대학교와 동 대학원에서 구비문학을 전공하고 문학박사 학위를 받았습니다. 현재 고려대학교 문과대학 국어국문학과 부교수로 판소리를 비롯한 우리 문학을 계승 발전시키기 위해 노력하고 있습니다. 쓴 책으로 〈적벽가 연구〉, 〈수궁가 연구〉, 〈강도근 5가 전집〉, 〈한국의 판소리 문화〉, 〈한국 구비문학의 이해〉(공저) 등이 있습니다.

추천 감수_ 김병규
대구교육대학을 졸업하고 한국일보 신춘문예에 동화가, 중앙일보 신춘문예에 희곡이 당선되면서 작품 활동을 시작했습니다. 대한민국문학상, 소천아동문학상, 해강아동문학상 등을 수상했으며, 현재 소년한국일보 편집국장으로 재직 중입니다. 쓴 책으로 〈나무는 왜 겨울에 옷을 벗는가〉, 〈푸렁별에서 온 손님〉, 〈그림 속의 파란 단추〉 등이 있습니다.

추천 감수_ 배익천
경북 영양에서 태어났습니다. 1974년 한국일보 신춘문예에 동화가 당선되었고, 〈마음을 찍는 발자국〉, 〈눈사람의 휘파람〉, 〈냉이꽃〉, 〈은빛 날개의 가슴〉 등의 동화집을 펴냈습니다. 한국아동문학상, 대한민국문학상, 세종아동문학상 등을 받았으며, 현재 부산 MBC에서 발행하는 〈어린이문예〉 편집주간으로 일하고 있습니다.

글_ 이상교
서울에서 태어나 강화도에서 어린 시절을 보냈습니다. 1974년 조선일보 신춘문예에 동시가, 1977년 조선일보와 동아일보 신춘문예에 동화가 당선되어 작가로 활동하기 시작했으며, 한국동화문학상, 세종아동문학상 등을 받았습니다. 쓴 책으로 〈아주 조그만 집〉, 〈처음 받은 상장〉, 〈빈 집〉, 〈롤러블레이드를 타는 의사 선생님〉 등이 있습니다.

그림_ 이현주
홍익대학교 시각디자인학과를 졸업하고, 현재 어린이 책 일러스트레이터로 활동하고 있습니다. 그린 책으로 〈나의 올드 댄, 나의 리틀 앤〉, 〈운동화 한 켤레〉, 〈수학 마법사〉, 〈ㄱㄴㄷ 한글 가나다 국어〉, 〈전쟁과 평화〉, 〈공짜 밥〉 등이 있습니다.

소년한국
우수어린이
도서수상

〈말랑말랑 우리전래동화〉는 소년한국일보사가 국내 최고의 도서 제품을 선정하여 주는 우수어린이 도서를 여러 출판사의 많은 후보작과의 치열한 경쟁을 뚫고 수상하였습니다.

말랑말랑 우리전래동화

⑫ 효도와 우애

효녀 심청

발 행 인 박희철
발 행 처 한국헤밍웨이
출판등록 제406-2013-000056호
주　　소 경기도 성남시 분당구 금곡동 444-148
대표전화 031-715-7722
팩　　스 031-786-1100
편　　집 이영혜, 이승희, 최부옥, 김지균, 송정호
디 자 인 조수진, 우지영, 성지현, 선우소연
사진제공 이미지클릭, 연합포토, 중앙포토

△ 주의 : 본 교재를 던지거나 떨어뜨리면 다칠 우려가 있으니 주의하십시오.
　　　　 고온 다습한 장소나 직사광선이 닿는 장소에는 보관을 피해 주십시오.

효녀 심청

글이상교 그림이현주

한국헤밍웨이

황해도 황주 땅에 심씨 성을 가진 장님이 살았어.
마을 사람들은 장님인 심 씨를 심 봉사라 불렀지.
심 봉사에게는 착하고 어진 부인이 있었어.
어느 날 부인은 예쁜 딸을 낳았지.
그런데 아기를 낳은 뒤 시름시름 앓더니
백일도 못 본 채 세상을 떠나고 말았어.
"이 어린것과 나는 어떻게 살아가라고!"
심 봉사는 어린 청이를 안고 엉엉 울었어.

심 봉사는 엄마를 잃은 청이를 안고
마을 우물가로 비척비척 걸어갔어.
"아주머니, 배고파 우는 우리 아기 젖 한 모금만 주오."
심 봉사는 청이만 한 아기가 있는 아주머니에게 부탁했지.
"쯧쯧, 가엾기도 하지. 어서 먹으렴."
심 봉사는 보이지 않는 눈을 끔쩍이며 고마워했어.
청이는 동네 아주머니들의 젖을 얻어먹으며
별 탈 없이 무럭무럭 자랐단다.

어느덧 세월은 흘러 청이가 열두 살이 되었어.
청이는 어른 못지않게 일도 잘 했지만
마음씨도 비단결같이 곱고 효성이 지극했지.
"어린것이 기특하기도 하지! 눈먼 제 아비를 저토록 잘 거들다니."
마을 사람들은 모이면 침이 마르게 칭찬을 했어.
"제 엄마가 보았다면 얼마나 기특해 했을꼬?"
심 봉사는 한숨을 후유 내쉬었어.

11

그러던 어느 날이었어.
청이가 아랫마을 잔칫집에 일을 거들러 갔는데,
날이 어둑어둑 저물도록 돌아오지 않는 거야.
"우리 청이가 왜 이렇게 안 올까?"
심 봉사는 지팡이로 바닥을 딱딱 두드리며 길을 나섰어.
그런데 이를 어째, 개울을 건너다 그만 발을 헛디뎌
물에 '풍덩!' 빠지고 말았지 뭐야!
"아이고, 누가 나 좀 살려 주시오!"
심 봉사는 개울물에 떠내려가며 소리를 질렀어.

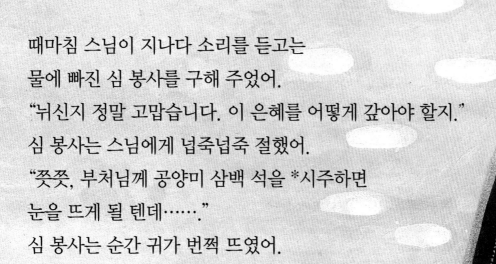

때마침 스님이 지나다 소리를 듣고는
물에 빠진 심 봉사를 구해 주었어.
"뉘신지 정말 고맙습니다. 이 은혜를 어떻게 갚아야 할지."
심 봉사는 스님에게 넙죽넙죽 절했어.
"쯧쯧, 부처님께 공양미 삼백 석을 *시주하면
눈을 뜨게 될 텐데……."
심 봉사는 순간 귀가 번쩍 뜨였어.
"눈을 뜰 수만 있다면 공양미 삼백 석이 문제겠습니까?"
심 봉사는 스님과 덜컥 약속을 하고 말았어.

*시주 : 조건 없이 절이나 중에게 물건을 베풀어 주는 일이에요.

"아이고, 내가 귀신에 홀렸던 게지.
우리 살림에 공양미 삼백 석이라니……."
심 봉사는 풀린 상투를 틀며 한숨만 푹푹 내쉬었어.
저녁이 되자, 청이가 남의 집 일을 해 주고 돌아왔어.
"아버지, 무슨 일이세요? 얼굴빛이 안 좋으세요."
청이는 품삯으로 들고 온 음식을 내놓으며 물었어.
심 봉사는 망설이다 조금 전에 있었던 일을 말했어.

'후유, 공양미 삼백 석을 무슨 수로 마련한담?'
청이는 밥을 짓다가도, 빨래를 하다가도,
바느질을 하다가도 한숨을 쉬었어.
어느 날, 이웃 나라를 오가며 장사를 하는
뱃사람들이 마을에 들어왔어.
"바다에 *제물로 바칠 처녀를 삽니다!"
소문을 들은 청이는 뱃사람들을 찾아갔어.
"쌀 삼백 석만 주신다면 기꺼이 제물이 되겠어요."
뱃사람들은 선뜻 그러라고 했지.

*제물 : 제사 지낼 때 바치는 물건이나 짐승 따위를 말해요.

뱃사람들에게 제물로 팔려 가기 전날,
청이는 참으려고 해도 자꾸만 울음이 터져 나왔어.
"청아, 내 딸 청아! 무슨 일로 그러느냐?"
아버지가 놀라 묻자, 청이는 머뭇거리다 대답했어.
"아랫마을 김 부잣집에서 저를 수양딸로 삼는 대신
공양미 삼백 석을 주겠다고 하셨어요."
"어허, 그것참 잘된 일이로구나!
눈먼 아비한테 있기보다 백번 잘된 일이고말고."
아무것도 모르는 심 봉사는 무척 기뻐했어.

다음 날 이른 아침,
청이는 이웃 나라로 떠나는 장삿배에 몸을 실었어.
인당수에 이르자, 거친 파도가 소용돌이치기 시작했지.
"용왕님이 노하시기 전에 어서 제물을 바치세!"
뱃사람들은 청이를 높은 뱃머리로 데려갔어.
마침내 청이는 깊고 푸른 물에 '풍덩!' 뛰어들었어.
거칠고 사납던 바다는 잠이 든 듯 고요해졌지.

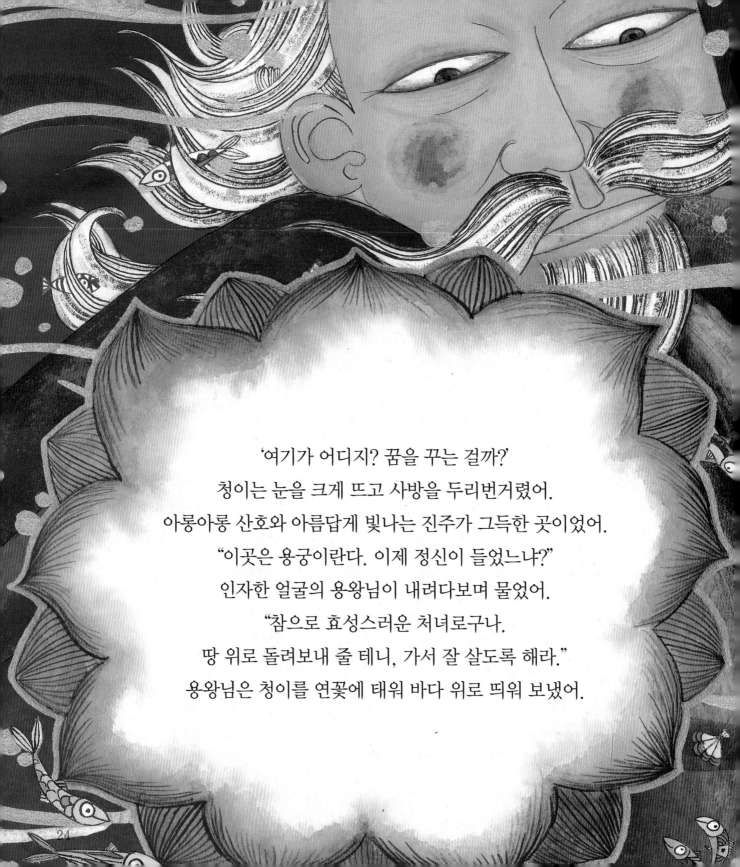

'여기가 어디지? 꿈을 꾸는 걸까?'
청이는 눈을 크게 뜨고 사방을 두리번거렸어.
아롱아롱 산호와 아름답게 빛나는 진주가 그득한 곳이었어.
"이곳은 용궁이란다. 이제 정신이 들었느냐?"
인자한 얼굴의 용왕님이 내려다보며 물었어.
"참으로 효성스러운 처녀로구나.
땅 위로 돌려보내 줄 테니, 가서 잘 살도록 해라."
용왕님은 청이를 연꽃에 태워 바다 위로 띄워 보냈어.

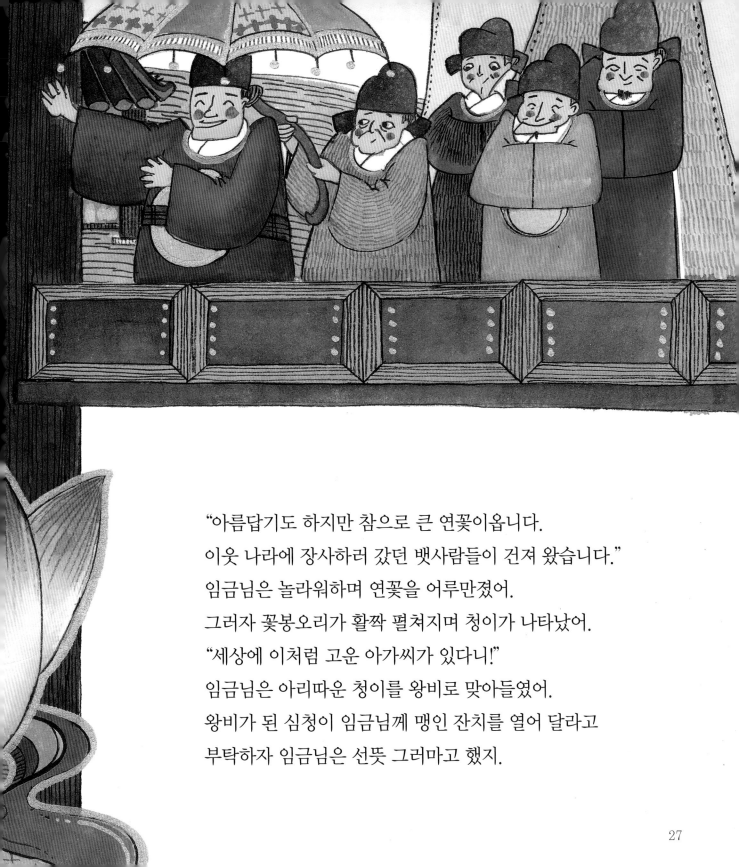

"아름답기도 하지만 참으로 큰 연꽃이옵니다.
이웃 나라에 장사하러 갔던 뱃사람들이 건져 왔습니다."
임금님은 놀라워하며 연꽃을 어루만졌어.
그러자 꽃봉오리가 활짝 펼쳐지며 청이가 나타났어.
"세상에 이처럼 고운 아가씨가 있다니!"
임금님은 아리따운 청이를 왕비로 맞아들였어.
왕비가 된 심청이 임금님께 맹인 잔치를 열어 달라고
부탁하자 임금님은 선뜻 그러마고 했지.

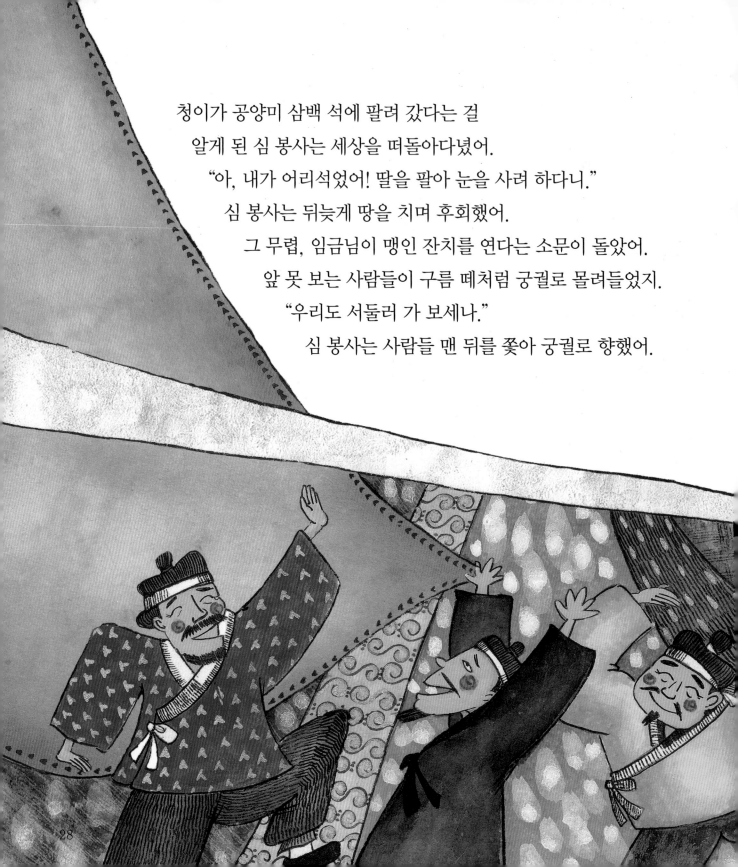

청이가 공양미 삼백 석에 팔려 갔다는 걸
알게 된 심 봉사는 세상을 떠돌아다녔어.
"아, 내가 어리석었어! 딸을 팔아 눈을 사려 하다니."
심 봉사는 뒤늦게 땅을 치며 후회했어.
그 무렵, 임금님이 맹인 잔치를 연다는 소문이 돌았어.
앞 못 보는 사람들이 구름 떼처럼 궁궐로 몰려들었지.
"우리도 서둘러 가 보세나."
심 봉사는 사람들 맨 뒤를 쫓아 궁궐로 향했어.

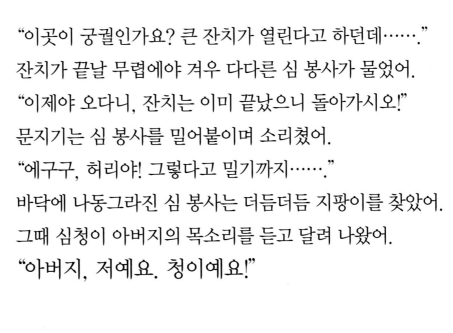

"이곳이 궁궐인가요? 큰 잔치가 열린다고 하던데……."
잔치가 끝날 무렵에야 겨우 다다른 심 봉사가 물었어.
"이제야 오다니, 잔치는 이미 끝났으니 돌아가시오!"
문지기는 심 봉사를 밀어붙이며 소리쳤어.
"에구구, 허리야! 그렇다고 밀기까지……."
바닥에 나동그라진 심 봉사는 더듬더듬 지팡이를 찾았어.
그때 심청이 아버지의 목소리를 듣고 달려 나왔어.
"아버지, 저예요. 청이예요!"

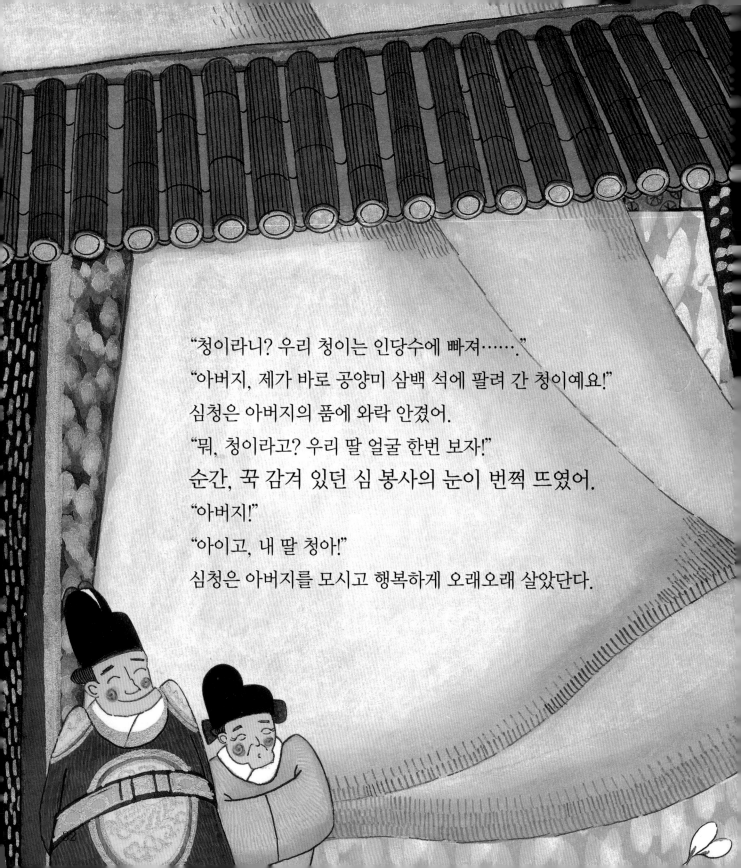

"청이라니? 우리 청이는 인당수에 빠져……."
"아버지, 제가 바로 공양미 삼백 석에 팔려 간 청이예요!"
심청은 아버지의 품에 와락 안겼어.
"뭐, 청이라고? 우리 딸 얼굴 한번 보자!"
순간, 꼭 감겨 있던 심 봉사의 눈이 번쩍 뜨였어.
"아버지!"
"아이고, 내 딸 청아!"
심청은 아버지를 모시고 행복하게 오래오래 살았단다.

효녀 심청 작품해설

〈효녀 심청〉은 판소리계 소설로도 유명합니다. 판소리계 소설이란 본래 설화의 형태로 이야기가 만들어지고, 그것이 판소리로 불리다가 완전한 한 편의 소설로 정착된 것이지요. 이런 과정을 거친 판소리계 소설로는 〈흥부전〉, 〈토끼전〉, 〈춘향전〉, 〈옹고집전〉 등이 있습니다.

판소리계 소설은 공통적인 특징이 있습니다. 인물의 개성이 잘 드러나고, 묘사가 뛰어나며, 리듬감과 운율이 살아 있다는 것이지요. 또 사건이나 내용이 각 지방마다 조금씩 다르다는 특징을 갖고 있습니다. 〈효녀 심청〉도 조금씩 다른 내용의 이야기가 여러 편 있는데, 이 책에서는 가장 기본이 되는 이야기를 선택하여 들려주고 있습니다.

태어난 지 얼마 되지 않아 어머니를 여의고, 앞 못 보는 심 봉사의 손에 자란 심청은 어린 나이에도 불구하고 아버지를 정성껏 모시는 효녀였습니다.

어느 날, 심 봉사는 공양미 삼백 석을 시주하면 눈을 뜰 수 있다는 스님의 말을 듣고, 그만 시주를 하겠다고 약속해 버립니다. 심청은 아버지의 눈을 뜨게 해 주려고 공양미 삼백 석을 받고 인당수의 제물이 됩니다.

그런 심청의 효성을 어여삐 여긴 용왕님은 심청을 연꽃에 태워 다시 바다 위로 돌려보냅니다. 때마침 그곳을 지나던 뱃사람들이 연꽃을 발견하고, 그것을 임금님에게 바치지요. 임금님은 연꽃에서 나온 심청을 왕비로 맞이합니다.

왕비가 된 심청은 아버지를 찾기 위해 앞 못 보는 사람들을 위한 잔치를 열었고, 드디어 심 봉사를 만나게 됩니다. 심 봉사는 심청의 목소리를 듣고 기적처럼 두 눈을 번쩍 뜨게 되지요.

〈효녀 심청〉은 극적인 이야기를 통해 자연스럽게 효의 의미를 되새겨 보고, 효를 실천하는 방법에 대해 일깨워 주는 이야기입니다.

꼭 알아야 할 작품 속 우리 문화

연꽃

고분 벽화나 민화를 살펴보면 연꽃 그림이 많이 그려져 있어요. 연꽃은 풍요로움과 행운을 상징하기 때문에 집 안에 연꽃 그림을 두면 복이 온다고 믿었어요. 또 불가에서는 연꽃이 흙탕물 위에서도 꽃을 피운다고 하여 부처님의 덕을 상징하는 꽃으로 여겼지요.

상투

옛날에는 머리카락도 부모님께서 물려주신 소중한 몸이라고 여겨 함부로 자르지 않았어요. 그래서 남자들도 여자와 같이 머리카락을 길게 길렀지요. 그러다가 결혼을 하면 머리카락을 틀어 올리는데 이를 상투라고 해요. 옛날에는 수염을 기르고 상투를 틀면 어엿한 어른이 된 것으로 여겼답니다.

갓

갓은 조선 시대의 대표적인 모자예요. 원래 갓은 햇볕을 피하고, 비를 막기 위해 삼국 시대부터 쓰기 시작했다고 해요. 조선 시대에 이르러 갓은 양반의 신분을 나타내는 장신구가 되었고, 상투를 튼 남자들이 밖에 나갈 때는 갓을 쓰는 것이 예의라고 생각했답니다.

조상의 지혜를 배우는 속담 여행

〈효녀 심청〉에서 심청은 아버지를 위해 온갖 고생을 한 끝에 복을 받게 되었지요. 이렇게 힘든 일을 이겨 내면 좋은 날도 오는 법이에요. 여기에서 배울 수 있는 속담을 알아보아요.

태산을 넘으면 평지를 본다

고생과 역경을 이겨 내면 즐거운 날이 온다는 것을 비유적으로 이르는 말이에요.

전래 동화로 미리 배우는 교고사서

 심청이 인당수에 몸을 던진 것은 무엇 때문이었나요? 이야기해 보세요.

 공양미 삼백 석만 있으면 눈을 뜰 수 있다고 해요. 만약 내가 심청이라면 어떻게 했을지 이야기해 보세요.

 심청은 효심이 지극한 효녀예요. 심청의 효심을 생각하며 나는 엄마 아빠에게 어떤 효도를 했는지 그림으로 표현해 보세요.

💙 1~2학년군 국어활동 3-나 10. 이야기 세상 속으로 290쪽